Dora, hermana mayor

adaptado por Alison Inches   ilustrado por Dave Aikins

SIMON & SCHUSTER LIBROS PARA NIÑOS/NICK JR.
Nueva York   Londres   Toronto   Sydney

Hi! Soy Dora y éste es Boots. Hoy tengo una noticia realmente emocionante. ¡Alguien nuevo va a formar parte de mi familia! Es alguien que duerme en una cuna, bebe de un biberón, lleva pañales y a quien le gusta que le acunen para dormir. ¿Adivinas quién es?

Yes! ¡Un bebé! ¡Mi mami va a tener un bebé! Boots dice que voy a ser una gran hermana mayor. ¡Y él le va a enseñar al bebé a bailar la danza del mono! Vamos rápido a casa—¡el bebé está por llegar ya mismo! Tenemos que hallar la manera de llegar a mi casa lo más pronto posible.

Map dice que primero tendremos que atravesar el Bosque Tenebroso; luego tendremos que pasar por la Granja de las Nueces; y así es como llegaremos a mi casa. ¡Rápido! ¡Mi mami va a tener un bebé!

¡Mira! ¡Es el Bosque Tenebroso! ¡Y ahí está Isa la iguana! ¡Isa! ¡Isa! ¡Mi mami va a tener un bebé! Voy a ser una gran hermana mayor, Boots le va a enseñar al bebé la danza del mono . . . y tú le puedes enseñar cosas sobre flores, plantas y mariposas.

Hay muchos animales que dan miedo en el Bosque Tenebroso,
como culebras y cocodrilos.

Tenemos que tomar el camino con la Rana Amistosa.
¿Debemos tomar el primer camino, el segundo o el tercero?

¡El tercer camino! ¡Correcto! ¡Qué bien miraste! Atravesamos el Bosque Tenebroso. Ahora tenemos que ir a la Granja de las Nueces. ¿Ves la Granja de las Nueces? ¡Yo también la veo! Y ahí está nuestro amigo el toro Benny.

¡Benny! ¡Benny! ¡Mi mami va a tener un bebé! Voy a ser una gran hermana mayor, Boots le va a enseñar al bebé la danza del mono, Isa le puede enseñar cosas sobre flores, plantas y mariposas . . . y tú le puedes dar paseos en tus hombros.

La Granja de las Nueces está lejos, pero Benny dice que él nos llevará si le ayudamos a poner los neumáticos a su carrito. Vamos a contar los neumáticos. *One, two, three, four.*

¡Llegamos a la Granja de las Nueces! ¡Y ahí está nuestro amigo Tico con sus primos!

¡Tico! ¡Tico! *My* mami *is having a baby!* ¡Mi mami va a tener un bebé!

Tico dice qué él le puede enseñar al bebé a hablar inglés. *Thank you,* Tico!

Map dice que ahora tenemos que ir a mi casa. ¿Ves mi casa? ¡Ahí está! ¡Vámonos! Tenemos que llegar a casa pronto. ¡Mi mami va a tener un bebé!

¡Mira! ¡Toda mi familia está aquí! Tienen puestos prendedores especiales para celebrar el nacimiento del bebé.

Mi papi dice que el bebé también está aquí—¡eso quiere decir que soy una hermana mayor! Mi papi dice que tiene una sorpresa aún mayor. ¿Qué será?

¡Gemelos! Mi mami tuvo dos bebés. Tengo un hermanito y una hermanita.

Hi! Soy su hermana mayor, Dora. ¡Algún día vendrán a explorar conmigo!

¡Mira!
¡Los bebés me sonríen!

Mi mami dice que los bebés están cansados. Tenemos que acunarlos para que se duerman. ¿Harás una cuna con tus brazos y nos ayudarás a acunar a los bebés para que se duerman?

¡Lo hicimos! *We did it!* ¡Gracias por ayudarnos a llegar a casa rápidamente para ver a mi nuevo hermanito y mi nueva hermanita!